Inhoudsopgave

De verrassing

Roos wist niet wat ze moest doen. Moest ze Freek nu wakker maken of niet. Tot drie weken geleden had ze hier nog nooit over getwijfeld. Elke zondag kroop ze tegen Freek aan, zodra ze wakker was. Ze streelde zijn gespierde borstkas en genoot van de aanraking. Dan gleed haar hand over zijn strakke buik en uiteindelijk wanneer ze bij zijn lul was aangekomen kon ze al voelen dat Freek zelf ook wakker was geworden. Zijn lul was dan strakgespannen en klaar voor actie. Terwijl Roos zijn lul in haar hand nam voelde ze hoe Freek met zijn grote handen over haar billen streek. Af en toe gleed een vinger door haar bilspleet. Roos holde haar rug dan een beetje, zodat Freek beter bij haar poesje kon. Ze genoot intens wanneer ze voelde hoe Freek zijn vingers over haar lipjes gleden en hoe haar kutje langzaam natter werd. En als haar poesje nat genoeg was gleden zijn vingers diep naar binnen. Dit was het moment dat Roos zich omdraaide en Freek dicht tegen haar aankroop. Van achteren schoof zijn harde lul in haar kutje en met lange halen begon hij haar langzaam te neuken. Heel ontspannen werd Roos haar orgasme opgewekt tot ze uiteindelijk heerlijk klaarkwam.

Dat waren de normale zondagen, maar de woensdagen waren nog beter. Elke woensdag gingen Freek en Roos naar de sportclub, waar ze dan ruim een uur gingen trainen. Ze hadden elke hun eigen programma, maar zorgde er wel voor dat ze elkaar goed konden blijven zien. Roos genoot ervan om Freek te zien trainen en ze wist zeker dat hij ook genoot. Er waren meer dan genoeg oefeningen waarbij haar billen en benen de hoofdrol speelden. Terwijl Freek zijn biceps trainde was Roos haar benen aan het trainen. Roos wist niet zeker of Freek kreunde door de training of doordat zij haar benen steeds wijd open en dicht deed. Gedurende het hele uur geilde Roos haar lieverd op en werd ze zelf ook steeds geiler.

Aan het einde van de avond deden ze een oefening samen. Liggend op een bank hieven ze dan wat gewichten. Als het erg rustig was kon Roos het niet laten om Freek een beetje te pesten. Met de halter in zijn handen kon hij geen kant op. Ze streelde zijn shorts tot ze voelde hoe zijn lul harder werd. Uiteraard wist ze wat er ging gebeuren als zij aan de beurt was. Zijn hand gleed dan over haar shorts en ze voelde hoe hij druk uitoefende op haar kutje. Als niemand keek gleed zijn hand in haar broekje en voelde ze hoe zijn vingers door haar natte gleufje gleden.

Na deze laatste oefening was Roos altijd enorm geil. Na een snelle douche moesten ze dan nog twintig minuten rijden voordat ze thuis waren. Roos zorgde er altijd voor dat ze een kort, loszittend jurkje aanhad voor de terugreis. Zij reed terug en terwijl ze alle aandacht op de weg probeerde te houden voelde ze Freek zijn hand op haar blote been. Soms als hij erg geil was zaten zijn vingers al in haar kutje voordat ze de parkeergarage uit waren. De rit naar huis was een spel van stoppen en doorgaan. Als de spanning te veel werd en Roos haar aandacht niet meer op het verkeer kon houden moest Freek wel stoppen. Roos kon dan even bijkomen. Maar niet veel later voelde ze opnieuw hoe zijn hand onder haar jurkje gleed. Eenmaal thuis aangekomen was ze dan zo geil dat ze gelijk genomen wilde worden. Vaak trok ze haar jurkje in de gang al op. Met haar kontje naar achteren neukte Freek haar dan van achteren. Als de ergste spanning ervan af was gingen ze dan snel naar boven. Liggend op haar rug spreidde ze haar benen wijd. Terwijl Roos zijn gespierde, sterke lichaam stevig vasthield voelde ze hoe Freek zijn harde lul in haar strakke kutje pompte.

Maar nu, de laatste drie weken, leek Freek niet meer geïnteresseerd in sex. Roos wist niet waarom. Tijdens de work-outs in de sportschool reageerde Freek lauwwarm op haar avances. Het resulteerde in ieder geval niet in een spannende avond vol sex. Op dit moment hadden ze al meer dan drie weken geen sex gehad. Roos voelde dat haar lichaam steeds gevoeliger voor aanrakingen werd. Elke streling wond haar enorm op. Tijdens het douchen sopte ze veel meer dan normaal haar billen en kutje. Meerdere malen had ze op het punt gestaan om zich snel te bevredigen, maar dan kwam Freek altijd net de badkamer instappen. Na drie weken zonder seks was ze zomaar extreem geil op elk moment van de dag. Net als nu, de herinneringen aan de woensdagen hadden haar zelfs meer opgewonden dan normaal. Ze besloot het er toch maar op te wagen. Voorzichtig liet ze haar hand opnieuw over Freek zijn borstkas glijden. Ze voelde hoe sterk hij was en het wond haar nog meer op. Ze voelde hoe ze steeds natter werd. Terwijl haar hand langzaam naar beneden bewoog hoorde ze hoe Freek wakker werd. Even stopte ze. Ook zijn buikspieren voelde goed. Freek werd wakker.

"Goedemorgen lief, wat een mooie morgen en wat een fantastisch weer. Ik heb een verrassing voor je."

Een verrassing? Zou het dan toch gebeuren? Zou ze vandaag dan toch eindelijk een goede beurt krijgen? Freek zwaaide de deken van zich af en ging op de rand van het bed zitten. In twijfel wachtte Roos af wat er ging gebeuren. Maar ook deze zondag had Freek andere plannen. Zonder verder aandacht aan haar te besteden liep hij naar de douche en liet haar alleen achter. Roos wist niet wat ze moest doen. Ze was nu zo geil dat ze er aan dacht om zichzelf snel te bevredigen, terwijl Freek aan het douchen was. Maar misschien kon ze beter wachten. Misschien moest de verrassing nog komen. Ze trok een kort, zijden hemdje aan en liep naar de keuken. Elke zondag maakte ze een lekker ontbijtje met croissantjes en eitjes als afsluiting op een fantastische vrijpartij. Fris en schoon ging Freek zitten, terwijl Roos nog in de keuken bezig was. Toen ze de croissantjes uit de oven haalde zorgde Roos ervoor dat ze diep voorover boog, zodat Freek een goed zicht op haar billen had. Het hemdje was zo kort dat haar gladgeschoren poesje duidelijk zichtbaar moest zijn. Hopelijk wond haar natte poesje Freek ook op.

"Ik weet wat jij al enkele weken wilt en ik heb alles voorbereid."

Dit klonk goed. Al die weken wachten waren toch niet voor niets geweest.

"Wat heb je voorbereid Freek. Ik ben erg benieuwd naar de verrassing."

Freek wachtte even. "Vandaag ga ik aan de schutting beginnen. Is dat een verrassing of niet?"

Dat was zeker een verrassing, maar niet de verrassing waar Roos op gehoopt had. Ze had gehoopt om Freek zijn grote lul diep in haar strakke kutje te voelen. Hoe kon Freek haar nu opeens compleet negeren. Ze wilde geneukt worden en kon niet langer wachten. Daarentegen had ze week in week uit aan Freek gevraagd wanneer hij de schutting ging repareren. Eindelijk ging dat dan gebeuren. Misschien kon ze hem maar beter zijn gang laten gaan.

Het ontbijt was lekker, maar miste iets van zijn glans. Normaal genoten ze samen van het ontbijt, maar Freek had nu haast en wilde snel aan de klus beginnen. Na het ontbijt, terwijl Roos de vaatwasser inruimde, liep Freek voorbij en streelde heel even haar billen.

"Dat voelt goed, zo glad. Lekker."

Voordat Roos kon reageren, opende Freek de keukendeur en stapte naar buiten. De aanraking wond Roos nog meer op. Misschien moest ze zichzelf toch maar eens gaan verwennen in bad. De verrassing was tenslotte ook niet wat Roos hoopte. Snel pakte ze een paar schone handdoeken en liet het bad vollopen. Vanuit de badkamer had ze goed zicht op de tuin. Hier was Freek druk bezig om de schutting te repareren. Intussen had hij zijn shirt al uitgedaan en was aan het klussen in zijn singlet. Zijn afgetrainde lichaam was duidelijk zichtbaar. Roos haar handen gleden over haar lichaam. Hoe heerlijk zou het zijn om Freek weer eens in haar te voelen. Haar tepels werden harder en haar klitje zwol op. Het bad was intussen bijna volgelopen en Roos stapte in het warme water. Het schuim verborg haar lichaam, maar haar handen gleden over haar gladde benen en billen. Terwijl ze haar hele lichaam streelde raakte ze meer en meer opgewonden. Ze hoorde opnieuw hoe Freek buiten aan het werk was. Ze was nu zo geil. Ze wilde meer dan zichzelf vingeren. Ze wilde geneukt worden. Ze kon niet meer wachten. Ze stond op uit het bad en met haar natte lichaam liep ze naar de keukendeur en opende die.

"Liefje, ik smeek je om me neuken. Ik ben nu zo geil. Ik moet je lul in me voelen. Alsjeblieft, neuk me nu."

Roos haar hand rustte op haar poesje, met twee vingers diep in haar kutje. Freek keek om en glimlachte.

"Ik had niet verwacht dat je het zo lang zou uithouden. Drie weken zonder sex. Het begon voor mij ook een uitdaging te worden."

Roos was een beetje verbaasd, maar begreep nu dat Freek dit allemaal gepland had. Hij had haar laten wachten tot ze zo geil was dat ze alles zou doen om geneukt te worden. Roos liep door de tuin naar Freek toe. Het kon haar niets schelen dat ze naakt was en dat de buren haar misschien konden zien. Ze zag dat Freek zijn broek behoorlijk opgezwollen was. Eerst omhelsde ze Freek. Roos was zo blij dat alles goed zou komen. Zijn sterke handen pakte haar billen en gleden over haar natte, naakte lichaam.

"Laat eerst maar eens zien hoe geil je werkelijk bent. Ik kan je natuurlijk niet zomaar geloven."

Roos begon Freek zijn riem los te maken.

"Nee, nee, dat is niet wat bedoel. Op het gras."

Roos keek nog eens rond en ging op het gras liggen. Ze voelde de grassprietjes kriebelen in haar bilspleet. Roos opende haar benen wijd, stak twee vingers diep in haar natje kutje en begon zichzelf te vingeren.

"Is dit geil genoeg Freek?"

"Ga nog maar even door meissie. Ik ben nog niet overtuigd"

Roos ging door met vingeren en voelde hoe ze snel tot een orgasme zou komen. Kreunend smeekte ze Freek: "Lieverd, ik wil niet klaarkomen met m'n vingers. Ik wil jou. Ik wil je diep in me voelen. Neuk me alsjeblieft. Nu."

"Kom dan maar hier."

Roos stond op en vleide zich opnieuw tegen Freek aan. Zijn sterke lichaam voelde geweldig. Terwijl zijn handen over haar lichaam streelden, maakte ze zijn broek los en haalde zijn harde lul tevoorschijn. Zijn eikel glom van het voorvocht. Ze boog voorover en nam zijn eikel in haar mond. Terwijl haar tong over zijn eikel bewoog voelde ze hoe zijn lul harder werd. Freek stond op het punt om klaar te komen. Snel stopte ze.

Freek draaide haar om en bewoog haar naar de schutting. Roos leunde tegen de schutting en ging wijdbeens staan. Freek ging achter haar staan en pakte haar borsten. Haar tepels waren hard. Zijn handen gleden over haar buik naar haar poesje. Zijn vingers gleden door haar natte lipjes. Roos holde haar rug. Freek pakte haar middel en toen voelde ze hoe zijn eikel tussen haar lipjes werd geduwd. Luid kreunend voelde ze hoe de rest van zijn harde lul diep in haar poesje verdween. Eindelijk werd ze geneukt. Hier had ze weken op gewacht. Freek pompte zijn lul in haar en al snel werd er een warme lading sperma in haar kutje gespoten. Het kon Roos niks schelen dat het zichtbaar was voor alle buren. Kreunend van genot voelde ze al snel dat er een heerlijk orgasme aankwam. Haar hele lichaam voelde gevoelig bij elke aanraking. Die pompende lul in haar kutje. Ze kon aan niets anders meer denken. Wankelend op haar benen kwam ze eindelijk klaar. Roos voelde Freek zijn harde lul nog steeds diep in haar kutje en even bleven ze zo staan. Nieuwsgierig keek Roos om zich heen. Het leek erop dat geen van de buren hun gehoord of gezien hadden.

Ze was dan wel heerlijk klaargekomen, maar Roos wilde meer. Ze voelde zich onverzadigbaar. Na drie weken wilde ze meer dan 1 keer klaarkomen. Ze draaide zich om.

"Zullen we verder gaan in de slaapkamer, lief? Ik verlang naar je."

Freek tilde haar op en droeg haar naar binnen. Ze voelde hoe Freek zijn geil uit haar kutje door haar bilspleet liep. Wat was de wereld mooi. Freek droeg haar naar de badkamer en draaide de douche open. Terwijl het warme water over haar lichaam stroomde en alles schoonspoelde knielde hij voor haar neer. Hij pakte haar billen stevig vast en drukte zijn mond op haar lipjes. Zijn tong gleed over haar nog gevoelige klitje. Roos genoot van de tong tussen haar lipjes en kreunde hard als Freek over haar klitje likte. Terwijl hij haar befte kon ze zien dat haar gekreun hem duidelijk opwond. Bij elke kreun werd zijn lul stijver en harder. Het duurde niet lang voordat ze opnieuw een heerlijk orgasme bereikte. Freek was intussen zo geil dat hij op knappen stond.

Glimlachend nam ze zijn lul in haar hand en plagend trok ze een paar keer. Freek kreunde. Nog nat tilde hij haar op en bracht haar naar de slaapkamer, waar ze op bed werd gelegd. Direct draaide Roos zich op haar buik en stak haar kontje in de lucht. Freek kroop op haar en drukte zijn harde paal in haar nog natte poesje. Voor de tweede keer werd ze hard geneukt en ze genoot met volle teugen. Hij pakte haar middel stevig vast en pompte diep. Kreunend kwam hij klaar en spoot een nieuwe lading geil

in haar poesje. Nu was Roos nog niet klaargekomen en Freek wist dat.
Met twee vingers stootte hij diep in haar volgespoten kut, totdat zij
uiteindelijk ook klaarkwam. Uitgeput lag Roos bij te komen. Drie keer
heerlijk klaargekomen en eigenlijk wilde ze nog wel een keer, maar haar
lichaam kon niet meer.

Niet nu, maar misschien vanmiddag.

De klussenbus

Nathalie was chagrijnig dat ze nu al een half uur aan het wachten was. Ze was jarig vandaag en moest toch naar kantoor. Vanmiddag had ze een belangrijke vergadering en als ze veel langer moest wachten zou ze te laat zijn. Ze had zich goed voorbereid op deze vergadering. Haar carrière was erg belangrijk voor Nathalie. Zo belangrijk zelfs dat ze Peter, haar ex, niet genoeg aandacht kon geven. Uiteindelijk hadden ze besloten om elk hun eigen weg te gaan. En nu na een paar maanden leek alles in huis het te begeven. Eerst had ze zelf nog geprobeerd om dingen te repareren, maar het resultaat was verschrikkelijk. Gefrustreerd had ze dan toch maar besloten om een klusjesbedrijf in te schakelen. Ze had een bedrijf gekozen met een motto dat Nathalie aansprak: 'Service met een glimlach'. Of dit nu direct de beste keuze was wist Nathalie niet. Vandaag zou er iemand langs komen om haar kast te repareren, maar tot nu toe was er nog niemand komen opdagen Driftig beende Nathalie naar de keuken om een kop koffie te maken. Precies op het moment dat de koffie klaar was ging de deurbel.

"Ja, dat was ook wel te verwachten. Precies nu."

Snel liep ze naar de voordeur. Door het matglas van de deur kon ze zien dat er een vrij grote man op de stoep stond. Ze opende de deur en zag dat hij groot en gespierd was. 'Mmm, lekker', was het eerste dat ze dacht.

"Goedemorgen, ik ben Erik en ik ben hier om een kast te repareren"

"Goedemorgen, je bent wel ruim te laat. Ik hoop dat je snel kunt werken, want ik moet op tijd op kantoor zijn."

"Ik verwacht dat het geen probleem is, maar misschien kan ik de kast eerst even zien?"

Ze gingen samen naar boven, Nathalie voorop om de weg te wijzen. Terwijl ze de trap op liep voelde Nathalie hoe Erik naar haar kont keek. Haar nette broek zat strak om haar billen. Gelijk voelde ze zich alweer een stuk beter. Het was altijd fijn om te merken dat mannen haar mooi en lekker vonden. Nathalie merkte dat ze haar heupen een beetje meer wiegde dan normaal. De kast stond in de slaapkamer en normaal hing al haar kleding in deze kast, maar nu lag het verspreid op bed. De stang waar de kleding aan hing had losgelaten en lag op de bodem van de kast.

"Dat is een stevige stang, maar de bevestiging is niet erg solide. Daar kan ik wel wat aan doen. Ik moet wel even wat gereedschap halen."

Samen liepen ze weer naar beneden. Terwijl Erik zijn gereedschap pakte, haalde Nathalie haar koffie uit de keuken. Nathalie was onder de indruk van Erik. Hij was groot, gespierd en erg lekker. Ze was al bijna vergeten dat ze maar weinig tijd had. Snel keek ze op haar horloge. Veel minder tijd zelfs dan ze dacht.

"Als ik je kan helpen moet je het maar zeggen. Hoe eerder het af is hoe beter"

"Dat is goed. Ik denk dat je wel kunt helpen. Ik roep je wel als ik zover ben."

Erik ging naar boven en Nathalie besloot maar even de notulen van de vorige vergadering door te lezen. Het duurde best lang voordat Erik haar naar boven riep. Snel liep ze naar boven. Ze zag dat er nu twee zeer stevige bevestigingen in de kast waren aangebracht.

"Gelukkig, ik was al bang dat je niet op tijd klaar zou zijn.", zei ze iets snibbiger dan ze eigenlijk bedoelde.

"Nou, dan moeten we de rest maar even snel doen. Als jij deze stang vasthoudt dan pak ik de schroeven en het gereedschap."

Terwijl Nathalie de stang boven haar hoofd vasthield draaide Erik de schroeven aan beiden zijden in de ophangpunten.

"Even vasthouden nog. Ik moet nog wat doen."

"Ben je nu nog niet klaar?"

Erik boog over haar heen met een rol duct-tape.

"Je handen wat dichterbij elkaar graag."

Gedwee schoof Nathalie haar handen bij elkaar en keek vragend om.

"Zo goed?"

"Ja prima."

Rits, rats, met een snelle beweging had Erik een lange strook duct-tape om haar handen en de stang gewikkeld. Ze kon geen kant meer op.

"Wat is hier de bedoe..."

Rits, rats, voordat ze uitgesproken was had hij ook een strook duct-tape op haar mond geplakt. Verschrikt keek Nathalie naar Erik. Wat was hij van plan? Dit beloofde niet veel goeds.

"Zo een chagrijnig dametje. Volgens heb jij al héél lang geen goede beurt gehad."

Nathalie kon niet geloven wat ze hoorde. Ging hij haar verkrachten? Hier, in haar eigen huis? In paniek trok ze uit alle macht aan de stang, maar deze gaf niet mee. Erik was duidelijk een vakman.

"Zo een mooi lichaam komt in aanmerking voor wat extra service.", glimlachte Erik.

Angstig keek Nathalie om zich heen. Ze kon geen kant op, maar ze zou zich niet zomaar gewonnen geven. De karate lessen kwamen nu goed van pas. Zodra Erik in de buurt kwam schopte Nathalie in zijn richting. Bijna raakte ze hem.

"Oh, een wilde poes. Een beetje oppassen."

Elke keer dat Erik dichterbij kwam schopte Nathalie, maar op een gegeven moment werd ze moeier en uiteindelijk wist Erik haar been te pakken. Ze probeerde nog terug te trekken, maar voor ze er erg in had was haar been vastgetaped aan het bed. Daar stond ze dan, op één been met haar benen gespreid. Angstig wachtte ze af wat er zou gebeuren. Erik kwam dichterbij en legde zijn hand op haar kut. Met haar benen wijd kon hij hier heel goed bij. Ze voelde hoe zijn hand haar kutje masseerde, door de stof van de broek heen.

Daarna bevoelde hij haar stevige borsten door haar strakke blouse. Erik nam niet de moeite haar blouse los te knopen. Langzaam trok hij haar blouse open. Eén voor één sprongen de knoopjes los en kreeg hij zicht op haar witte, kanten BH.

"Heel mooi. Lekker. Ik ben benieuwd wat ik straks beneden aantref."

Zijn sterke handen gleden over haar strakke lichaam en schoven de BH omhoog. Erik nam haar borsten in zijn handen en voelde aan haar tepels. Hij boog zich voorover en likte haar tepels tot ze stijf werden. Daarna gleden zijn handen naar beneden en werd haar broek losgeknoopt. De rits schoof naar beneden en toonde haar kanten slipje.

"Mmm, wat een geil slipje trek jij aan naar het werk. Daar zal je baas wel blij mee zijn."

Zijn hand gleed in haar slipje en Nathalie voelde hoe zijn vingers in haar kutje gleden.

"Je bent er klaar voor. Nu is het tijd om je te verwennen."

Erik liep naar zijn gereedschapskist, rommelde wat en kwam terug met een schaar. Zonder veel moeite knipte hij van boven naar beneden een van haar broekspijpen open. Haar ene bil was nu duidelijk zichtbaar. Voordat Erik verder ging pakte hij haar bil stevig vast. Ze voelde hoe zijn hand haar hele bil omvatte. Snel knipte hij de andere broekpijp open en haar broek viel op de grond.

Even snel knipte hij haar blouse en BH los. Met gespreide benen stond Nathalie met alleen haar kanten slipje aan. Zijn hand gleed in haar slipje en ze voelde hoe hij haar klitje masseerde en een vinger tussen haar lipjes drukte. Uiteindelijk knipte Erik ook het slipje los.

"Dit zal een mooie herinnering blijven", en hij legde het stuk geknipte slipje opzij.

Hij ging tussen haar benen zitten en Nathalie voelde hoe zijn tong over haar klitje gleed. Ze wilde niet en stribbelde tegen. Gelijk voelde ze hoe haar billen stevig werden beetgepakt. Hij drukte haar kutje tegen zijn mond. Nathalie kon geen kant meer op. Zijn tong gleed door haar lipjes. Ze wilde niet opgewonden raken. Hoe kon ze opgewonden raken, terwijl hij haar misbruikte? Maar haar lichaam kon ze niet tegenhouden. Ze merkte hoe haar kutje vochtig werd van de aanrakingen. Dit zou hij vast verkeerd begrijpen.

"Zo te voelen geniet je al. Lisa zei al dat je dit wel lekker zou vinden."

Daar had je het al. Hij dacht dat ze het lekker vond om misbruikt te worden. Maar wat zei ie daar: "Lisa dacht dat ik dit wel lekker zou vinden"? Wat had Lisa hier mee te maken? Lisa was haar beste vriendin. Daar deelde ze alles mee. En soms hadden ze ook wel hun seksuele avonturen gedeeld. En fantasieën. Nathalie had wel eens verteld dat ze fantaseerde om geneukt te worden terwijl ze vastgebonden was. Zou dit alles dan door Lisa geregeld zijn? Had zij soms een escort voor Nathalie geregeld. Wat moest ze nu? Genieten of niet?

Intussen gleed Erik zijn tong nog steeds over haar klitje en Nathalie twijfelde. Haar lichaam genoot en ze voelde hoe langzaam maar zeker een orgasme werd opgewekt.

"Twijfel? Doorgaan of stoppen?"

Nathalie twijfelde en schudde nee, maar Erik ging gewoon door.

"Dat geloof ik niet. Volgens mij geniet je wel. Ik zal beter mijn best doen. Ik heb nog iets waar ik vele klanten blij mee heb gemaakt."

Erik voelde even in zijn broekzak en Nathalie zag hoe hij een metalen butt plug tevoorschijn haalde. Toen voelde ze hoe de butt plug tegen haar sterretje drukte. Nathalie kreunde zachtjes toen Erik de plug langzaam in haar kontgaatje duwde.

"Je bent gelijk veel braver zo."

Hoe kon ze dit stoppen en wilde ze het wel stoppen? Eigenlijk niet. Hij was zo goed bezig hij moest wel ingehuurd zijn. Hij had tenslotte ook vele klanten blij gemaakt. En een normale klusjesman neemt toch ook geen butt plug mee naar z'n werk. Ze wilde niet anders dan geloven dat Erik voor haar geregeld was. Dit was zo lekker. Ze gaf zich over en genoot van zijn aanrakingen.

Ze voelde hoe hij verder ging. Zijn vingers gleden in en uit haar natte gleufje. Zijn tong gleed opnieuw over haar klitje en ze stond op het punt om klaar te komen. Toen stopte hij.

"Alles goed en wel, maar ik wil hier natuurlijk ook plezier aan beleven."

Snel trok hij zijn shirt en broek uit. Zijn shorts stond strak en Nathalie kon zien hoe opgewonden Erik was. Een grote stijve lul kwam tevoorschijn toen hij zijn shorts liet zakken. Hij kwam achter haar staan en ze voelde hoe zijn hand van haar buik naar haar kutje gleed. Ze bewoog haar kontje naar achteren en Erik zijn lul gleed moeiteloos in haar vochtige kutje. Zijn stevige handen omvatte haar middel. Terwijl hij in haar stootte duwde ze zelf haar kontje naar achteren, zodat hij nog dieper in haar kwam.

"Nog geiler dan ik al dacht. Dit wordt steeds beter."

Nathalie kreunde en hoopte dat Erik inderdaad besteld was, maar eigenlijk maakte het niet meer uit. Erik stootte zijn lange, stijve lul in haar en het duurde niet lang voordat ze haar orgasme weer voelde opkomen. Veel intenser dan daarvoor en uiteindelijk kwam ze heerlijk klaar. Ze wankelde op haar benen. Erik stopte en keek tevreden hoe ze klaar was gekomen. Daarna pakte hij opnieuw haar heupen en Nathalie boog voorover. Langzaam gleed eerst zijn eikel in haar kutje en daarna de rest. Niet veel later voelde ze hoe hij zijn warme geil in haar spoot en haar kutje vulde. Hij stootte nog een paar keer diep in haar kutje tot zijn lul slap werd.

Terwijl Erik zijn kleren weer aandeed, hing Nathalie nog aan de stang en voelde hoe zijn geil uit haar kutje langs haar benen liep. Ze genoot van haar fantasie, maar waarom liet hij haar hier hangen?

"Ik kan niet langer blijven. De volgende klus wacht. Ik zou bijna nog iets vergeten.", glimlachte Erik en trok de butt plug uit haar sterretje. Nathalie hijgde.

Toen knipte Erik haar hand los. Snel trok ze de duct-tape van haar mond. Twijfel sloeg toe. Hij gaf haar de schaar.

"Wacht, nog niet gaan. Blijf hier."

Erik was al op weg naar beneden. Toen Nathalie zichzelf losknipte hoorde ze Erik wegrijden. Snel zocht ze haar telefoon tussen de stukgeknipte kleding. Ze drukte het nummer van Lisa in. Het duurde maar even voordat Lisa opnam.

"Hoi Lisa, Had jij een verrassing voor mij geregeld?"

"Ja. Hoe vind je ze? Zijn het mooie bloemen?"

"Bloemen? Alleen een bosje bloemen?"

"Ja, een bosje bloemen met een kaartje."

Snel rende Nathalie naar beneden, opende de voordeur en zag dat er een bosje bloemen stond met een kaartje erin: 'Fijne verjaardag, Lisa'. Op het bosje bloemen lag haar stukgeknipte slipje. Inderdaad een mooie herinnering.

Strip poker op kantoor

Vorige week had Denise het poker toernooi gemakkelijk gewonnen. Zou het deze week ook zo gemakkelijk gaan of moet ze een verlies incasseren?

Hoofdstuk 1

Denise had vorige week gemakkelijk gewonnen. Zou het deze week ook zo gemakkelijk gaan?

"Vorige week had je zo goed gespeeld, Denise, ik had niet verwacht dat je zo glorieus zou winnen. Je had ons niet verteld dat je zo goed kon pokeren. Denk je dat je vanavond ook weer mee wilt doen?"

Hier hoefde Denise niet lang over na te denken. Vorige week had ze na een lange avond het toernooi gewonnen en daarmee 200 euro. Dit smaakte naar meer. Hoewel het de eerste keer was dat ze op kantoor had meegespeeld, was het zeker niet de eerste keer dat ze had gepokerd. Dit hadden haar collega's niet verwacht en haar schromelijk onderschat. Het voordeel had ze volledig uitgebuit en 3 uur later had ze alle collega's blut gespeeld. Twintig collega's, waarvan 3 andere vrouwelijke collega's, die de regels nog niet kenden, maar meer voor de lol meededen.

Vanavond zou ze beter moeten oppassen. Haar collega's kende haar talenten nu en het zou waarschijnlijk niet zo gemakkelijk zijn als vorige keer. Denise had het plan om van de 200 euro, die ze vorige week gewonnen, iets nieuws te kopen. Iets dat haar collega's duidelijk zou maken dat ze vanavond weer zou winnen.

De ochtend was snel voorbijgegaan, vrijdag was het altijd rustiger. Plotseling wist Denise wat ze zou kopen van het prijzengeld. Een opvallend jurkje, dat haar collega's uit hun concentratie zou halen. Het was gelukkig net pauze. Snel liep ze naar een sjieke kledingzaak. Hier moest ze wel slagen. Snel doorzocht ze de rekken, maar kon niks vinden. Een jonge vrouw kwam op haar af.

"Kan ik u helpen, mevrouw?"

"Zekers, ik zoek iets moois dat overwinning uitstraalt. Ik heb een pokertoernooi vanavond en wil duidelijk maken dat ik ga winnen."

"Daar hebben we wel wat voor. Ik heb hier een jurkje dat van zijde gemaakt lijkt te zijn, maar het is elastisch en sluit mooi aan op uw lichaam. Ik heb verschillende kleuren. Zwart zou mooi staan bij uw blonde haar."

Toen Denise het jurkje aandeed voelde ze direct hoe lekker het zat. De stof was heel licht en glad. Bijna niet voelbaar streelde het haar huid. In de spiegel was het effect nog mooier. Met name haar billen kwamen goed tot haar recht. Ze moest alleen ook ander ondergoed kopen, want wat ze nu aan had was te goed zichtbaar. Op de weg naar buiten pakte ze een klein tangaslipje in haar maat en ook een bh, die niet zichtbaar zou zijn, en rekende af.

De pauze was net voorbij toen ze weer op kantoor kwam. Tevreden met haar aankopen ging ze weer aan het werk. Net als de ochtend verliep de middag ook rustig en voordat ze er erg in had was het vijf uur.

Denise besloot om zich eerst om te kleden en dan wat te gaan eten. Zo kon ze gelijk zien of het jurkje het gewenste effect had. Omkleden in het toilet was wel wat lastig, maar niet veel later had ze dan toch haar jurkje aan. Toen ze in de spiegel keek zag ze tot haar schrik dat de tangaslip nog duidelijker zichtbaar was dan haar andere slip. Dit was niet mooi zo. Het jurkje sloot mooi aan over haar billen, maar de slip was veel te duidelijk zichtbaar. Na enig aarzelen besloot Denise dan toch maar de tanga uit te doen. Ze bekeek zichzelf opnieuw in de spiegel. Dit zag er goed uit. Precies zoals ze had gehoopt. De beha was gelukkig wel goed. Ze kon natuurlijk niet met een jurkje aankomen waar haar tepels door te zien waren.

In de spiegel in de lift zag Denise opnieuw hoe goed ze eruitzag. Het idee dat ze zonder slip de stad in zou gaan wond haar op.

Buiten aangekomen scheen het zonnetje prettig op haar huid. Ze hoefde niet ver te lopen naar de broodjeszaak, maar Denise merkte dat bij elke stap haar jurkje een klein stukje omhoog kroop. Elke tien stappen moest ze het jurkje weer naar beneden schuiven om te voorkomen dat haar billen zichtbaar zouden worden. In de kledingzaak had ze dit niet doorgehad, omdat ze daar niet had rondgelopen. Gelukkig hoefde ze vanavond met het pokeren ook niet te lopen, dus het zou waarschijnlijk geen probleem zijn.

Denise kocht twee broodjes en een kop koffie en rekende af. Terwijl ze terugliep realiseerde ze zich opeens dat ze geen handen vrij meer had om haar jurkje weer naar beneden te schuiven. Het koele briesje dat ze tussen haar benen voelde maakte duidelijk dat dit nu toch echt wel nodig was. Angstig bukte ze snel om de koffie en de broodjes op de grond te zetten. Door de spanning gleed het jurkje omhoog en Denise stond voorovergebogen in haar blote kont op straat. Voordat ze op kon staan kreeg ze een klap op haar blote billen van een jonge man die vlak achter haar liep. Lachend liep ie verder. Met een rode kop trok ze haar jurkje snel naar beneden, liet haar koffie staan en maakte dat ze op kantoor kwam.

Op kantoor aangekomen at ze snel de broodjes op en bedacht dat het jurkje in ieder geval wel de aandacht had getrokken. Hopelijk zou het haar vanavond ook helpen.

Denise was mooi op tijd toen ze de kantine binnenliep. Ze kon duidelijk zien dat iedereen haar binnenkomst had opgemerkt. Met name het mannelijk personeel leek zeer geïnteresseerd. Haar doel was bereikt. Met minder concentratie zouden ze slechter spelen en Denise meer kans geven om opnieuw te winnen.

"Dit jurkje heb ik van de vorige prijs gekocht. Ik weet al wat ik van de volgende ga kopen", grapte ze tegen haar collega's.

"Als je met zulke geile jurkjes blijft komen mag je alle keren winnen", antwoordde Ed lachend.

Dit had Denise niet verwacht, maar stiekem genoot ze wel van de aandacht. Gelukkig begon ze niet te blozen en kon ze cool blijven, anders was alle moeite voor niks geweest.

Nadat iedereen een drankje had gepakt en z'n plekje aan de juiste tafel had gevonden begon het toernooi. Het duurde niet lang voordat Denise weer de lead had genomen en na twee uurtjes speelde ze alweer aan de finaletafel met alleen nog maar Ed. De rest van het personeel stond gespannen te kijken wie er zou gaan winnen. Ed had aanzienlijk meer fiches en Denise bedacht dat grondige maatregelen nodig waren.

"Kunnen we een kleine pauze inlassen, Ed? Ik moet even naar de wc."

Zonder het antwoord af te wachten stapte ze op en liep richting de wc's. Zoals ze wist kwam haar jurkje bij elke stap een stukje omhoog en toen Denise de deur bereikte waren haar billen bijna zichtbaar. Het mannelijk personeel begon te fluiten. Juist voordat ze de deur bereikte trok ze haar jurkje glad. In het toilet deed de ze bh af. De fijne stof gleed over haar blote borsten en Denise voelde hoe ze opgewonden raakte. Haar tepels werden enigszins zichtbaar door de dunne stof. Dit zou zeker voor afleiding zorgen.

Toen Denise weer plaats nam was de verandering niet onopgemerkt gebleven. Ed had een goed uitzicht op haar borsten en kon haar tepels zeker zien.

"Zo zit je jurkje nog mooier, weet je zeker dat je niet nog een stukje moet lopen? Misschien nog keer naar het toilet?"

"Nee, nee", lachte Denise "maar een drankje kan ik nog wel gebruiken."

Ze stond op en liep naar de bar. De afstand was iets verder dan naar de deur. Langzaam zette ze elke stap, wiegde een beetje met haar heupen en genoot van de blikken van de collega's. Net voor ze de bar bereikte trok ze haar jurkje opnieuw glad. Toen ze zich omdraaide zag ze de teleurgestelde blikken. De weg terug, bewoog Denise net zo uitdagend maar liet haar jurkje omhoog kruipen tot ze bij de tafel aankwam. Haar kutje was nog net niet zichtbaar. Ze hoorde collega's zachtjes kreunen en Ed was ook zichtbaar opgewonden.

Het volgende partijtje won Denise gemakkelijk, maar Ed liet zich niet zo gemakkelijk uit het veld slaan en won opnieuw een paar partijtjes. Hier was meer voor nodig. 'Per ongeluk' liet Denise een stapeltje van haar fiches op de grond, onder de tafel, rollen. Snel kroop ze onder de tafel. Haar jurkje spande zich nog strakker om haar billen en ze voelde hoe de stof zelfs tegen haar kutje aandrukte. Dit moest een prachtig gezicht zijn voor haar collega's, maar hielp natuurlijk niet om Ed van slag te brengen. Ze kroop onder de tafel vandaan en opnieuw naast hem onder de tafel. Nu moest hij wel een heel goed zicht hebben. Ze holde haar rug nog eens extra, zodat haar kont nog beter zichtbaar was.

Plotseling voelde ze een hand over haar billen gaan, waarbij een of twee vingers door haar bilnaad gleden. Dit had ze niet verwacht. Dat hij dit durfde met alle collega's erbij.

"Zo'n een mooi achterwerk smeekt om aangeraakt te worden, denken jullie ook niet?"

Collega's lachten en met een blos op haar wangen kwam Denise weer snel onder de tafel vandaan. In ieder geval had ze al haar fiches weer terug.

Hoofdstuk 2

Het pokertoernooi loopt anders dan verwacht. Kan Denise de spanning aan?

Uit haar concentratie verloor Denise deze hand en daarmee het toernooi. Ed was 200 euro rijker. Het toernooi en met name Denise haar tactiek werd uitgebreid besproken onder het genot van nog meer drankjes en knabbeltjes. Gedurende de avond vertrokken meeste collega's huiswaarts. Enigszins aangeschoten kwam Ed bij haar staan.

"Ik had je graag laten winnen als ik zeker had geweten dat je volgende keer opnieuw in zo'n geil jurkje zou komen opdagen."

De twee andere overgebleven collega's konden dit alleen maar beamen. Zelfs Juliette, haar vrouwelijk collega, moest toegeven dat het jurkje erg sexy was. Zelf had ze ook haar best gedaan, haar mooie figuur kwam goed tot zijn recht in een strak shirt en skinny jeans.

"Ik wil je nog een kans geven om je geld terug te winnen, maar dan spelen we wel een andere variant van poker."

Voordat ze het wist had Denise al ingestemd, omdat ze uit was op revanche.

"De sfeer is zo goed nu en Denise heeft ons aardig opgewarmd. Wat denken jullie van een spelletje strippoker met z'n vieren?"

Enigszins verbaasd keken Juliette en Frank op. De mannen waren het snel eens dat ze dit een goed idee vonden. Juliette en Denise hadden uiteraard hun bedenkingen.

"Laat ons even denken."

Deze collega's waren mooie verzorgde mannen die er allebei erg lekker uitzagen. Ed had al duidelijk gemaakt dat hij Denise lekker vond. Daarbij had Denise al een hele tijd geen vaste vriend. Juliette was al aardig dronken en wel in voor een geintje. Denise wilde voornamelijk haar geld terug, maar een avontuurtje met Ed was zeker geen straf. Ze had de hele avond al genoten van zijn aandacht.

"Goed, wij doen ook mee."

"Dan moeten we eerst de regels bespreken. We beginnen met een gelijk aantal kledingstukken. Kleding die eenmaal is uitgetrokken mag niet meer worden aangedaan. Degene met de laagste hand verliest en moet een kledingstuk inleveren of kan 'Truth or Dare' spelen." Dit klonk opwindend en Denise kreeg steeds meer zin in dit potje poker. Frank en Ed hadden elk vijf kledingstukken aan. Ook Juliette had vijf kledingstukken aan. Een strak T-shirt en spijkerbroek, ondergoed en laarzen.

"Als ik mijn schoenen weer aandoe kom ik uit op twee kledingstukken", biechtte Denise op.

"Dat dacht ik al te voelen en te zien", grapte Ed.

"Dan doen wij elk een kledingstuk uit en dan kun jij er twee van ons gebruiken."

Snel werden overhemden en T-shirts uitgedaan. Stoere borstkassen kwamen tevoorschijn. Juliette had haar laarzen uitgetrokken. Met twee extra overhemden begon Denise het spel.

Het spel begon niet zo goed. De eerste twee rondes won Ed glansrijk. Frank had zijn broek uitgedaan en Juliette haar shirt. Haar mooie figuur was zo nog beter zichtbaar. De rondes daarna was ook Ed aan de beurt. Zijn schoenen en sokken waren door Frank gewonnen. In alleen zijn broek zat hij aan tafel. Juliette had alleen haar slip nog aan, maar deed haar uiterste best die snel te verliezen. Gedurende het spel verdwenen haar handen regelmatig onder de tafel en het was wel duidelijk dat haar slipje in de weg zat. Frank had ook alleen zijn boxers nog aan en was duidelijk opgewonden door de geile Juliette. Denise en Ed konden zich hierdoor moeilijk op het spel concentreren. Denise had drie kledingstukken in te zetten, Ed nog twee.

Met iets te veel bravoure speelde Denise de volgende partijen en verloor een overhemd en ook haar schoenen. Nu had ze alleen haar jurkje nog over. Gelukkig kon ze ook voor 'Truth or Dare' spelen, zodat ze niet direct haar jurkje zou kwijtraken. Frank en Juliette hadden elk nog een extra kledingstuk. De kaarten werden geschud en Denise kreeg twee Azen. Hiermee moest ze kunnen winnen. Op tafel werd een Heer, een Tien en Twee neergelegd. Deze ronde zou ze wel moeten kunnen winnen. Ed ging mee. De volgende kaart was een Vrouw. Denise was niet bang, twee Azen was nog altijd meer dan twee Heren en de kans op een Straat was ook nog altijd aanwezig. De laatste kaart was een Vrouw en dat maakte Ed's Three of a kind compleet. Denise verloor.

"Truth or Dare?"

Denise was wel in voor een geintje, wat kon er gebeuren.

"Dare, kom maar op."

"Durf jij... mijn boxershort aan te raken?"

Dit had Denise nog niet verwacht, maar zonder twijfel liep ze naar Ed en streelde de boxershort tot zijn lul duidelijk opzwol en het topje van z'n eikel boven de rand uitstak. Tevreden ging Denise weer zitten.

Frank speelde een goede partij en won van Juliette. Ook Frank vroeg of Juliette zijn lul durfde aan te raken. Juliette liep naar Frank, boog voorover, haalde zijn lul uit de boxer en likte een paar keer over zijn eikel.

"Je zei niet waarmee ik hem mocht aanraken", zei Juliette uitdagend.

De kaarten werden opnieuw gedeeld en nu won Denise.

"Truth or Dare?"

Zoals te verwachten koos Ed 'Dare'.

"Durf jij...", Denise keerde haar rug naar Ed en stak haar kont in de lucht. "... mijn billen te strelen?"

Voordat ze er erg in had voelde ze een hand onder haar jurkje verdwijnen en gleden Ed zijn vingers door haar kutje.

"Ik zei mijn billen niet mijn kutje, Ed."

Ed trok zijn hand snel terug en streelde haar billen. Al deze aanrakingen hadden Denise al aardig geil gemaakt en eigenlijk had ze gewild dat Ed zijn hand niet zo snel teruggetrokken had.

Het volgende partijtje wilde ze verliezen, zodat ze snel haar jurkje kon uittrekken. Zonder moeite verloor ze de partij. Ze stond op en trok het jurkje langzaam omhoog. Beetje bij beetje werd haar gladde kutje nu voor iedereen zichtbaar. Hierna ontblootte ze langzaam haar borsten. Voordat Denise ging zitten streelde ze haar lichaam uitgebreid. Ze gleed met haar handen van haar borsten over haar buik, naar haar billen en toen naar voren waar ze eindigde tussen haar liezen.

"Denise, Ik krijg het hier wel heel heet van. Sorry hoor, maar ik trek mijn slip uit."

Juliette legde haar natte slip op tafel en ging weer zitten. Direct volgde Frank en Ed. Iedereen zat nu naakt aan tafel. Alle partijen zouden nu met 'Truth en Dare' worden gepeeld.

De volgende partij verloor Ed van Denise.

"Truth or Dare?"

Denise hoefde niet lang na te denken en was wel in de stemming voor iets gewaagders.

"Durf jij..." Ze stond op, plaatste haar handen op de tafel, spreidde haar benen en stak haar kont naar achteren "...je vinger in mijn kont te steken?"

Ed kwam achter haar staan en ze voelde hoe hij zijn handen op haar billen plaatsten, ze streelden en daarna stevig beetpakte. Zijn handen gleden naar beneden over haar benen en terug naar boven over haar billen. Dit was heerlijk. Twee vingers gleden door haar bilnaad. Denise ontspande zich in afwachting wat ging gebeuren.

"Kom op dan, of durf je niet?", vroeg ze uitdagend.

"Ja, kom op Ed, je kunt het", moedigde Frank aan.

Ed's handen verplaatste zich en gleden naar haar middel en haar borsten. Ze voelde hoe zijn handen haar borsten masseerden en speelden met haar stijve tepels.

"Zo te voelen ben nu je wel geil, Denise."

Dit kon Denise niet ontkennen. Ze genoot van de aanrakingen en voelde hoe ze vochtig werd. Ed's handen gleden over haar rug weer naar haar billen. Denise kromde haar rug en stak haar kontje nog iets verder naar achteren. Een hand gleed tussen haar benen en ze voelde hoe Ed dichter bij haar kwam staan.

"Kom op dan, Ed."

Ze voelde iets door haar bilnaad schuiven en voordat ze er erg inhad schoof Ed zijn harde lul in haar natte kutje. Dit had ze niet verwacht, stiekem wel gehoopt, en ze kon niet verbergen dat ze dit heel lekker vond. Bij elke stoot kreunde ze van genot. Toen plaatste Ed zijn duim op haar sterretje.

"Dit, dit wilde je toch, Denise?"

"Ja, ja, lekker. Doe het."

Ed drukte zijn duim in haar sterretje. Denise wilde dat dit nooit zou ophouden. Af en toe gaf hij haar een pets op haar billen. Ze voelde dat Ed klaar ging komen, ze spande haar spieren, zodat ze nog strakker werd. Grommend kwam Ed klaar. Terwijl hij bijkwam stak zijn stijve lul stak nog in haar kutje. Denise wilde ook klaarkomen en schoof heen en weer over z'n steeds stijve lul. Met één hand masseerde ze haar klitje, maar toen ze bijna haar hoogtepunt bereikte trok Ed zijn lul uit haar.

"Nog even geduld, meissie, straks krijg je de hoofdprijs."

Hoofdstuk 3

Denise moet het verlies incasseren, maar kan hier alleen maar van genieten.

Wat een hufter. Ze was nu zo geil dat ze alles zou doen om klaar te komen. Juliette was intussen op Frank zijn schoot gekropen. Met haar rug naar hem toe bereed ze Frank. Denise zag hoe Juliette over Frank zijn lul gleed en volledig in controle was. Na enkele minuten kwam Juliette kreunend klaar en gleed ze voldaan van Frank af. Jaloers ging Denise weer aan tafel zitten. Iedereen was klaargekomen behalve zij. Onder de tafel masseerden haar vingers haar klitje. Ze begon zwaar te ademen en kon het niet verbergen dat ze bijna klaarkwam. Ed liep op haar af en pakte haar handen.

"Ik had je toch gezegd dat je straks de hoofdprijs krijgt."

Hij pakte Denise haar jurkje van de grond en bond daarmee haar handen op haar rug.

"Ik stel voor dat we de regels van ons kaartspel een beetje aanpassen. Iedereen die nu wint mag deze geile donder verwennen, maar als ze klaarkomt heb je verloren. Degene die overblijft krijgt de 200 euro die ik eerder heb gewonnen."

Frank en Juliette stemde in met de nieuwe regels. Denise wilde nog protesteren, maar was zo opgewonden en geil dat ze zich graag wilde laten verwennen.

De kaarten werden verdeeld en Juliette won de eerste ronde. Ze vroeg Denise op de grond te gaan liggen en haar benen te spreiden. Denise luisterde gedwee. Juliette knielde voor haar en Denise voelde de tong van Juliette tussen haar lipjes verdwijnen. Als vrouw wist Juliette precies wat lekker was en daar wilde ze Denise van laten genieten. Gepassioneerd gleed haar tong tussen Denise haar lipjes en langs haar klit. Denise werd wild van geilheid. Toen Juliette merkte dat Denise op het punt stond klaar te komen en stopte ze gelijk.

 "Ga door, ga door, alsjeblieft.", smeekte Denise, maar Juliette was niet over te halen.

Opnieuw werden de kaarten verdeeld en nu won Frank. Na de uitgebreide verwenpartij van daarnet was er niet veel nodig om Denise klaar te laten komen. Frank begreep dit ook wel. Hij masseerde Denise haar borsten en billen en gleed met zijn handen tussen haar benen, maar zorgde ervoor dat hij haar kutje niet te lang aanraakte. Zelf raakte hij hier ook wel opgewonden van en zijn harde lul stak omhoog. Denise wilde hem stimuleren haar te neuken. Ze nam zijn lul in haar mond en zoog en likte tot ze voelde hoe Frank in haar mond klaarkwam. Denise voelde zich sletterig, maar eigenlijk wond dit haar alleen maar meer op. Ze was zo geil dat ze probeerde achterlangs bij haar kutje te komen, maar door de bondage was dit onmogelijk. Denise kon niet anders dan af te wachten wat er zou gebeuren na de volgende ronde.

Toen Juliette het volgende partijtje had gewonnen was Denise alweer een beetje afgekoeld. Juliette vroeg haar opnieuw te gaan liggen voor een orale verwenpartij. Denise kwam al bijna klaar bij de gedachte. Juliette nam plaats tussen Denise haar benen. Juliette streelde Denise haar borsten, likte aan haar tepels en zoende zich een weg naar haar venusheuvel. Daar aangekomen stak ze haar tong tussen Denise haar lipjes en begon haar weer heerlijk te likken. Terwijl ze Denise aan het likken was stak Juliette haar kont uitdagend omhoog. Ed had dit ook gezien en ging achter haar zitten, pakte haar billen en schoof twee vingers in haar kut. Juliette kreunde en raakte haar aandacht voor Denise kwijt. Ze bukte verder voorover, zodat haar kutje nog beter bereikbaar was. Ed schoof met twee vingers in en uit haar soppige kut. Juliette kreunde van genot toen ze klaarkwam. Ze zakte voorover en kwam tot rust op Denise. Terwijl ze bijkwam zoende ze Denise en streelde haar borsten en buik. Ed schoof Juliette voorzichtig opzij.

"Omdraaien, Denise. Ik heb een verrassing voor je."

Terwijl Denise op haar buik draaide hoorde ze hoe Ed naar z'n bureau rende dat op dezelfde verdieping was. Denise probeerde uit alle macht haar vingers in haar hete kutje te duwen, maar dit was onmogelijk.

"Deze heb ik vanmiddag voor mijn vriendin gekocht, maar ik weet zeker dat jij er ook veel plezier van gaat hebben."

Voordat Denise kon zien wat Ed bedoelde was hij al achter haar gaan zitten.

"Kont omhoog, nu."

Denise kroop op haar knieën. Omdat haar handen op haar rug waren gebonden stak haar geile kont mooi omhoog. Ze voelde direct iets over haar kutje glijden. Toen voelde ze een lichte vibratie en realiseerde zich wat Ed meegenomen had. Langzaam gleed de trillende vibrator in haar kutje. Toen voelde ze iets tegen haar kontgaatje drukken dat ook begon te trillen.

"Doorgaan of stoppen, wat wil m'n geile sletje?"

Denise gaf hijgend antwoord: "Meer, meer, ga door."

De schacht begon te draaien en binnenin begon de vibrator ook sneller te trillen. Hij gleed dieper in haar kutje en toen voelde ze ook iets tegen haar klitje trillen. Al haar gaatjes waren gevuld en overal trilde iets in of tegenaan. Zoveel genot had Denise nog nooit gevoeld. Het werd haar bijna te veel. Ed stelde de vibrator iets anders in. De schacht begon sneller te draaien en ook binnenin trilde hij nu iets sneller. Denise voelde hoe haar klitje gemasseerd werd en voelde hoe ze tot haar hoogtepunt ging komen. Ed bewoog de vibrator in en uit haar gleufje.

"Nee, niet bewegen. Laat hem daar. Dit is goddelijk."

De vibrator zoemde en trilde in haar kut en kont. Terwijl Ed toekeek kwam Denise kreunend van genot klaar. Met de trillende vibrator nog in haar kut gleed ze op haar buik en bleef zo liggen. Ed stelde de vibrator bij, zodat ie heel rustig ronddraaide, en maakte daarna Denise haar handen weer los. Denise draaide zich op haar zij. Compleet bevredigd haalde ze de vibrator uit haar kutje.

"Dit was zo lekker. Wil je nu nog even tegen me aan liggen, Ed?"

Ed ging naast Denise liggen. Terwijl Ed haar lichaam streelde, drukte Denise speels haar kontje tegen Ed zijn lul. Ze voelde hoe ze weer geil werd. Ze wilde meer. Ze wilde nog een keer klaarkomen. Het duurde niet lang voordat ze voelde hoe Ed zijn lul stijver werd tussen haar bilspleet. Ze verplaatste zich een beetje en als vanzelf gleed Ed in haar nog natte spleet. Dit was haar favoriete standje; van achteren, maar toch intiem. Denise genoot hoe Ed zijn harde lul diep in haar krappe kutje stootte, terwijl hij ook haar borsten masseerde. Ze voelde hoe een tweede orgasme werd opgewekt en niet lang daarna kwam ze voor de tweede keer heerlijk klaar. Uitgeput bleef ze liggen.

Toen Denise zich weer wilde aankleden zag ze dat er niet veel meer van haar nieuwe jurkje over was. Het was bevlekt, compleet verfrommeld en uit z'n vorm. Om een nieuw jurkje te kopen, leek het erop dat ze volgende week opnieuw een pokertoernooitje moest spelen.